名も無い愛の詞集 II

朝長 節夫

売り上げの一部をウクライナ支援のために使用いたします。

目　次

愛を届けて

1

ひらり　ひらりと　舞い散る花に
別れた彼を　侘しく想う
花びら一つ　可憐に見えて
瞳を濡らす　あの頃浮かべ

季節の花よ　嵐に向かって
彼に届けて　'あなた好きよ'と

2

きらり　きらりと　瞬く星に
眺めた夜を　淋しく想う
輝きを増す　星が流れて
瞳を閉じる　哀願をして

幾多の星よ　ハートを作って
彼に届けて　'愛が欲しい'と

3

　ちらり　ちらりと　まとわる雪に
　　燥いだ冬を　悲しく想う
　　　辺りを覆う　真っ白い雪へ
　　　瞳を移す　愛が黄昏

　　消えゆく雪よ　涙に変わって
　彼に届けて　'泣いているわ'と

性<ruby>性<rt>さが</rt></ruby>

1

言葉は何気に傷つける　優しく癒せばいいもので
だけど人の命を奪う　悲しいだけの言葉もある

人のために涙するなら　人の痛みも分かるだろう
されど人の心を奪う　虚しいだけの涙もある

海たち陸たち大空よ
目には映らないものたちよ
何も奪わないものたちよ
人の繰り返す間違いを
すべてを超えて許してくれ

2

僕は大して役に立たず　大した者にもなれなくて
やがて人は皆死んでゆく　儚いだけの命もある

海たち陸たち大空よ
目には映らないものたちよ
何も奪わないものたちよ
人の裁かれる過ちの
罪だけを憎んでやってくれ

海たち陸たち大空よ
目には映らないものたちよ
何も奪わないものたちよ
人の繰り返す間違いを
すべてを超えて許してくれ

何の罪も無い人の死を
偶然で済まさないでくれ
この世に生を受けた時は
誰一人悪者は居ない
支配するものよ分かってくれ

11

夢見る場所

1

早く過ぎゆく季節の中で
迷いなく二人で信じます
目紛るしい毎日を暮らし
君と僕で夢を描きます

二人で大空のキャンバスに
ささやかな未来を映します

悲しいことも二人なら
誓いを固くすることで
半分ずつに分かち合い
夢見る場所を探したい

2

馴染んでる此の町の姿が
また今日も瞳に入ります
平穏な風景のすべてに
末でさえ無いものがあります

二人の心の奥で光
輝かしい明日を創ります

遮ることも二人なら
絆を強くすることで
愛の力で立ち向かい
夢見る場所に届きたい

災うことも二人なら
意志を確かにすることで
耐えて忍んで振り払い
夢見る場所は遠くない

That place is called utopia.
(その場所を、ユートピアと呼びます)

We will definitely get there.
(私たちは、必ずそこに辿り着きます)

一つになれたら

1

枯れ葉散る季節は　物思いに耽る
暗い部屋を出ると　いつもと同じ街
風だけが寒くて　ポケットに手を入れる

僕は君の部屋へ行き　いつものようにじゃれ合って
何気に時間を過ごし　夕暮れ時には帰った
互いに過去には触れず　口論の一つも無い
傷つきたくないからか　孤独を避けているのか
想いを明かせないなら　何も始まらないのに

心が素直になれたら　二人の夢を描くのに
愛で心を白く染め　絶えず優しく包みたい

初雪の季節は　こたつが寝むくする
寒い外へ出ると　一面冬景色
子供らが燥いで　頬を真っ赤にしてる

午後は君の部屋へ行き　いつもと違うムードで
愛の真実を語り　二人に愛はあるのか
会話し確かめてみる　氷が溶けゆくように
心底話せないのか　想い残しているのか
本気で明かせないなら　儚い結末となり

心が重なり合えたら　二人の明日が映るのに
叶うなら此の世も超えて　愛の幸せ刻みたい

裏切り

1

絡んだ愛を辿れば
誰かの筋書きと知り
やるせない想いに暮れ
泣き濡れて夜が明ける

欺き裏切られ
愛の糸は末路
悲しむ間にも
操られゆく愛

2

愛が真実なものは
数極僅かと分かり
肩を寄せる男女見て
儚く俯かされる

まやかし見捨てられ
試された心を
嘆いてる間も
蔑まれゆく愛

罠かけ嘘つかれ
裁きも無い浮世
耐えてる間にも
嘲られゆく愛

大事なこと

1

あなたにとっての　大事なことの一つは
何なのでしょう　数多にあることでしょう
私にとっての　大事なことの一つは
帰ることです　大切な人待つ許

忘れ得ぬ過去　悪いことをしても
前は向けます　叶わない夢さえ
迷わないこと　何度でもできます

花が枯れ落ちても　やがて蕾むように
詫びる人に慈悲を　また与えるように
何をするにしても　それはあなた次第

2

あなたにとっての　大事なことの一つは
何なのでしょう　様々あることでしょう
　私にとっての　大事なことの一つは
　守ることです　大切な人だけでも

　　忘れ得ぬ過去　災いを受けても
　前は向けます　新たなる気持ちで
　耐え忍ぶこと　何度でもできます

枯れ葉になり散っても　また芽生えるように
　恥じる恋をしても　また恋するように
　何をするにしても　それはあなた次第

3

あなたにとっての　大事（だいじ）なことの一（ひと）つは
何（なん）なのでしょう　沢山（たくさん）あることでしょう
私（わたし）にとっての　大事（だいじ）なことの一（ひと）つは
愛（あい）することです　大切（たいせつ）な人（ひと）すべてを

忘（わす）れ得（え）ぬ過去（かこ）　儚（はかな）く虚（むな）しくも
前（まえ）は向（む）けます　変（か）わる勇気（ゆうき）を持（も）って
なお挑（いど）むこと　何度（なんど）でもできます

何度（なんどひ）日が終（お）わっても　また始（はじ）まるように
愛（あい）を諦（あきら）めても　また愛（あい）するように
何（なに）をするにしても　それはあなた次第（しだい）

あなたが居れば
～I want nothing but you～
（私は、あなただけが欲しい）

1

毎夜夢の中で　あなたといつも逢う
あなたは佇んで　私を呼んでるの
だから私は行く　だけど近付けない
あなたは遠ざかり　闇の中へ消える
叫んでる私は　涙して目覚める

あなたが横に居て　安心する私
朝日が入る部屋　あなたは眠っている
私は起き出して　窓から外を見る
青空と太陽　囀る小鳥たち
欠伸をする私　新しい一日

私だけ見ている　あなたが居ればいいの
何も他要らない　愛し合って暮らすのよ
ささやかな夢追って　叶った時を超えても

I want nothing but you.

2

毎日街中を　肩を寄せて歩く

春も夏も秋も　寒い真冬の日も

去りゆく日が惜しく　感じる胸の内

私の腕を取って　あなたは走ってゆく

何故か先へ急ぎ　立ち止まり見上げる

雨上がりの空に　はっきりと七色に

架かる虹が映える　互いに向かい合う

あなたの微笑みに　私は温まる

太陽が煌めき　辺りは水溜まり

初めて見たように　抱き締め合う二人

私だけ愛する　あなたが居ればいいの

何も他要らない　離れずに生きるのよ

神の使いが来て　瞬く星になっても

I want nothing but you.

形無いもの

1

茜色に空を染め残した
太陽は地平線に飲まれて
町を夕闇へと変化させる
やがて暗幕が下り星たちが
瞬き始め街灯が点る

愛という名の下に人たちが
現れて駆け引きをし始める
囁き戯れ虚しい愛を
街中で繰り広げ二人去って
また二人消え夜が更けてゆく

あの中に真実の愛を得た
男女はどれくらい居るだろうか
形無いものに心を痛め
朝を迎える人も居るだろう
だけど今度こそはと望んでる

2

果てしない此の世には悲しみが
　儚くも鬩ぎ合い犇めいて
　愛に彷徨う人たちを泣かす
　さも傷だらけの戦士のようだ
あしらわれて立てなくしてしまう

　愛に辿り着きたい人たちが
　飽くなき争いに今日も挑む
あちらこちらでゲームの開始を
　待ち構えたように騒めく声
また町に有り触れた夜が来る

　確かな理由で愛を勝ち取った
　誰にも奪えないものだろうか
　形　無いものに心が病んで
　涙に暮れる人も居るだろう
されど信じるだけの価値はある

ある愛の物語

1

肌寄せ合って眠った日々
愛し合った此の部屋から
あなた今日出てゆくのね
誰かいい女性に出会って

　私は泣いたりしない
　変わり身は得意だから
　彼もすぐに見つけるわ

８カ月の想いさえ　私には在り来たりよ
何も心配しないで　別れの言葉は苦手
だから無言で終ってね　あなたと居て楽しかった
眩しかった物語を　本当にありがとうね

2

桜の花舞う頃に
あなたに一目惚れした
安く狭い部屋借りて
私 幸せ感じて

なのに今は泣き叫び
あなたを引きずってるから
変わり身などできないわ

8カ月の暮らしさえ　儚くて長いほうよ
何もかもが虚しくて　さよならの言葉なんて
だって愛してしまったから　あなたもそう思ってた
輝いた物語を　本当にありがとうね

巡る縁

（語り）

別れてまた出会いが巡り
あなたと私にしてもそう
何の前触れなくやって来る

あれは４月の初めでした　我が物顔して咲く桜
暖かい春風の中で　青い空を見上げるあなた
桜を眺め歩く私　前を向いていなかった二人
当たり前のように触れ合って　優しい眼差ししたあなた
私の胸をときめかせた　あれが愛の始まりでした

1

夏は煌めく日を浴びつつ　青い海を見に遠くまで
海岸で二人ふざけ合い　私は砂に文字を書いて

あなたはカメラマンでしたね

別れてまた出会いが巡り
街行く二人にしてもそう
何の前触れなくやって来る

遊びじゃ嫌なのよ
だから苦手なのよ
周りが消えるのよ
離れたくないのよ
愛がそうするのよ
忘れられないのよ

あなたをいつまでも

2

秋は涼しい風に吹かれ　山肌が紅に染まって
辺りにはコスモスが咲いて　私は景色をずっと眺め
あなたの視線を感じてね

別れてまた出会いが巡り
過去にした恋にしてもそう
何の前触れなくやって来る

遊びじゃ嫌なのよ
だから苦手なのよ
周りが消えるのよ
離れたくないのよ
愛がそうするのよ
忘れられないのよ
私 星になっても

3

寒い冬の夜空に花火　眺めながらディナータイムへ
瞬く星たちが綺麗で　肩を抱かれていた幸せ
最後の日と知らないままで

別れてまた出会いが巡り
愛の結末にしてもそう
何の前触れなくやって来る

遊びじゃ嫌なのよ
だから苦手なのよ
周りが消えるのよ
離れたくないのよ
愛がそうするのよ
忘れられないのよ
あなた星になっても

時の頁

1

あんなに優しいあなたの声も
ラインの向こうで黙り込んでる
あなたに何があったのか分からず
話し掛けてるけど返事が無く

「愛してる」と囁いてみるけど
私の声だけが聴こえてくる
何故なの"大好きよ"そして"いつも"

あなたと逢えずに淋しいけれど
私の想いはダイヤのように
固く永遠に続くと信じてね

2

街の中を二人で歩いても
あなたの心を遠く感じる
私が罪なことしたのでしょう
過去の想い出を巡らせてみる

最初の出会いの頁からずっと
最後の頁まで愛が詰まる
あなたを'愛してるのに"でも"きっと'

明日を夢見てると思ってたけど
あなたの心も季節のように
変わるとは思っていなかっただけね

別れなんか来てほしくないけど
さよならしても永久に'大好きよ'

白い時

1

あなたの優しさに浸りながら
無かったかのように消される時間
私の此の部屋で朝を迎え
誰かあなたの遅い帰り待ち
私の心は孤独を感じ

また愛されるまでが長過ぎて　街を彷徨えばいつもの景色
大好きな薔薇を買って帰る途　寒い風に季節を感じます

抱かれているのに満たされなくて
まるで花瓶に咲く花のように
大地に自由に咲きたいでしょう
あなたと出会う前に戻れたら

2

あなたの夢を儚く見ながら
有り触れた日が過ぎてゆく予感
枕を濡らしつつ朝を迎え
長い電話をしてくる友達
話を虚ろに聞いてる私

また逢えても時が短過ぎて　窓から見えるネオンも淋しい
暖めた部屋に一重咲く薔薇　あなたの影が潤み映ります

愛されていても何故か孤独で
籠に囲われた小鳥のように
青空を好きに飛びたいでしょう
確かな明日を共に生きれたら

声にならなくて

1

春の日が風を暖めて　桜の蕾も花開く
大好きな季節が訪れ　何故か素敵な恋の予感
過去の涙を払い徐けて　新しい愛に埋もれたい

ある男性の視線が気になり　話し掛けて交わしたライン
あの男性掛けてくるのかしら　鳴り出す着信音響き
待ちに待ってたあの男性の声　私は心の片隅で
甘い言葉を囁いている

'大好き'と唇は動く
だけど声にならない私
案ずる想いが邪魔をして

36

あの会話した日から部屋で　毎日デートを重ねる
互いに愛を確かめ合って　愛の女神が包む時間
過去の恋愛が甦って　悩ませ眠れない宵闇

あの彼の想いが気になり　ワン切りをした愛のサイン
あの彼何してるのかしら　片手にスマホを持った私
朝が来るまで眠った夜明け　ラインを開けばあの彼で
顔が赤らむ言葉が来てる

'大好き'と唇は動く
だけど声にならない私
陰する想いが邪魔をして

分かってほしいの

1

変わりゆく人の心が　誰かを負して
逢う姿の懐かしさが　誰かを泣かせて

理由さえ聴けずに傷つき
明日さえ映らず涙し
過去の苦さが甦る

風の噂を聞いたなら
あの日の痛みや恨みを
哀に微笑む私を
分かってほしいの少しでも

2

絶えず移る人の愛が　誰かを苦しめ
去る姿の美しさが　誰かを悲しめ

理由さえ聴けずに辛くし
明日さえ映らず惑わし
過去の眩しさ甦る

風の便りに聞いたなら
あの日の悩みや悔やみを
儚く微笑む私を
分かってほしいの遠くても

戻れない理由

1

ワインの酔いが回っても　「愛してる」と言ったことは
私の本心なのよ　あなたの返事待ってたの

だけどあなたが選んだのは　私と全く違う彼女
なのに何故電話してくるの　愛を今打ち明けられても
過去には引き返せないのよ　彼女の薬指が見てる

有り触れた日々に飽きたのね
淋しい想いをしてるのね
またあなたとときめきたいのね
過去の想い出は幻と
私のことは夢に変えて
あなたの暮らし壊さないで

2

遥かに時間が経っても　あの日明かした言葉が
はっきりと甦るのよ　あなたが初めてだもの

だけど二人が別れたのは　あなたの時計に居る彼女
私が気づいたせいなのよ　またどこかで逢って話しても
何も元に戻れないのよ　長い黒髪が邪魔をする

さりげない日々に悔いたのね
儚い想いをしてるのね
またあなた煌めきたいのね
過去の告白は無いものと
私のこと早く忘れて
あなたの今を大事にして

素顔

1

別れてしまえば　忘れゆく想い
またいつか街で　ふと擦れ違っても
誰かが隣で　微笑んでるわね
あなたが望んだ　素直な彼女が

最初は私も　そんな女だったの
あなたに恋して　日が過ぎてゆくと
私の心が　耐えられなくなって
私から別れ　告げてしまったのよ

あなたのすべてを　愛してしまったわ
だけどあなたには　私似合わない
泣いてる姿を　見せたくなかったの

2

あの日の彼女は　あなただけ信じ
私と同じで　噂を聞いても
あなたの隣で　微笑んでるのね
あなたの心は　嘘が上手いから

ただ愛したのよ　過去の女性たちも
分かってしまったから　きっと遠ざかったと
語ってあげたいわ　彼女に託して
変えてほしいため　素顔のあなたを

'あなたが変わった'と　誰かに聞いたら
私の祈りは　逢って確かめたい
愛を知ったことを　今も願ってるの

ライフ

1

朝から書き始めた手紙　何度も何度も書き直し
やっと書き終えて外を見ると　茜色づいた地平線
畳には丸めた便箋

辺りの家には灯り点き
誰かが独りで悲しんで
嘆いて苦しみ虚しくて
涙する人も居るだろう

愛の選択を間違ったり
叶わない夢を追っていたり
誰もが幸せを望んで
さり気ない日々を生きている

2

待っていた手紙を読む私　あなたの匂いが鼻に付き
懐かしい文字が並ぶけど　晴れゆく文は無くてサイン
最後は有り触れた追伸

窓辺に映る街の灯り
流れゆく人並を眺め
あの中には悩みを抱え
彷徨える人も居るだろう

愛の約束を結んだり
ささやかな夢を描いたり
誰もが幸せを見たくて
我慢する日々を生きている

愛の軌跡

1

愛の軌跡を辿り　「さようなら」を告げた
眩しく過ぎた時代　愛した人たちと

笑った日や泣いた日が　今でも込み上げる
黄昏色になっても　瞳に甦って
まだ最近のように　心がときめいて

泣きたいくらい逢いたくて　また微笑みたくて
死にたいくらい逢いたくて　また抱き締めたくて
愛しい人たちを想い　胸が濡れてしまう

2

暗幕が下りた空　星座を探してた
瞬き始める星　あの頃と同じと

サソリやオリオン座を　二人眺めた夜
歳月が流れても　忘れない想い出
あの日の懐かしさに　思わず涙して

泣きたいくらい逢いたくて　また微笑みくれて
死にたいくらい逢いたくて　また抱いてほしくて
愛しい人たちを想い　胸が苦しくなる

恋愛白書

1

分かりながら好みと違うタイプの人を
愛してしまった苦い覚えはありませんか
最初は大嫌いな人も知らない奥の
顔が現れ印象も変わっていったでしょう

何故か引き寄せられるように人を恋して
ある日から守りたさが芽生えてくるでしょう
ただひたすら想い募らせ愛するでしょう

だけど長い歳月が人を変えてしまう
最初の頃の約束事を忘れてゆく
叶ったその時が愛のピークかもしれない
有り触れてきた暮らしにときめきは薄れる

2

「愛した人は生涯一人」と言う人を
哀れに思ってる人が周りに居ませんか
されど一途に信じて涙する人こそ
愛を尊く思う真実の人でしょう

数多の人に恋をして悩み苦しんで
やっと運命の人に出会う日が来るでしょう
容易く手にする愛より価値があるでしょう

重ねた想いで愛が確かなものになる
やがていつしか二人一つになれるでしょう
誰もが皆そうなりたいのかもしれない
案に恋して後悔が続くこともある

ずっと好きでした

1

町に冷たい風が吹いている
私の心の隙間のように
眩しかった日々がまだ残ります
あなたを好きなまま別れが来て
毎日虚しく過ぎる冬の日

あなたを泣きたいほど好きでした
定めは生まれた時に決まってる
なんて理不尽な宿命でしょう

2

雨が凍り始め雪に変わる
まるで心を映すかのように
別れた日から一月経ちます
あなたと彼女を街で見かけて
私はそんな気持ちになれない

あなたを苦しいほど好きでした
愛は忍び寄り素顔を明かす
なんて意地悪な真実でしょう

あなたと死ねるくらい好きでした
別れは出会った日から刻まれる
なんて残酷な結末でしょう

初恋

1

野菊が咲いてます
花一片見ると
貴女に想えます
まだ今も好きです

貴女は先生で僕らは学生で
逢うと時間を忘れるほど会話して
ただふと不安だった

儚くも月日は駆け足で去りゆき
別れの日を隠して貴女は離れる
ある男性の所へ旅立ってゆきました

2

野菊の季節です
あの場所へ向かうと
変わらず咲いてます
懐かしく見てます

貴女は結婚して僕らは大人びて
長い時が流れてもあの日々想って
ただ未練が残った

淋しいものであれから5年ほど経ち
明日から此の町を離れて暮らします
貴女の居ない日々が味気無さ過ぎた

貴女の姿が消えてゆかない想い
あれが僕らには初恋だったのでしょう
爽やかで清く美しいものでした

想いの導があれば

1

愛の言葉は　数えきれなく
愛の意味など　難し過ぎて
あなたに届く　容易い術を
誰か知るなら　教えてほしい

あなたの部屋に　微風になって
甘えるように　胸に吹きたい

私の想い　あなたに刻み
私は愛を　持ち帰りたい

2

確かなものは　一つしかなく
あなたの愛が　今は遠くて
叶うことなら　私の誠
懸ける命を　受け取ってほしい

あなたが見てる　あの星になって
まぶたの裏で　ずっと光りたい

私の想い　言葉に綴り
あなたの夢に　そっと映したい

愛と夢と何かを追いかけて

1

侘しい暮らしの中でさえ
あえて笑う人たちが居る
帰る家さえ無くしたのに
何かがそうさせるのだろう

愛と夢の幻を見て
雨に濡れ街角の隅で
儚く涙する人たち

諦めずに求め続ける
果てしもなく信じ続ける
果てしもなく描き続ける
たとえそれが叶わなくても
誰かが追う価値を知っている

2

毎日間違いを起こして
馬鹿にされる人たちが居る
待つ人さえも無くしたのに
何かがそうさせるのだろう

大切なものを奪われて
当てもなく此の世を流離って
哀れに立ち尽くす人たち

何かを探し追い続ける
果てしもなく旅を続ける
果てしもなく進み続ける
たとえ手に入れられなくても
誰かが遮二無二生きている

愛じゃないもの

1

泣かないで二人の愛を
確かめた二人の愛を

'愛は何より尊い'と
壁に書かれた文字がある

周りは愛を売り買っている
誠の愛はそうではない
誰もが本当は知っている
愛は御金や物じゃないと

2

変わりゆく街を歩くと
絶えず続くものもあると

優しい声の囁きと
反対の企みがある

ラインだけで愛を手にする
誠の愛はそうではない
互いに素顔を明かし合う
愛は偽るものじゃないと

変わらぬもの

1

にわか雨に降られて　足早に駆け出した
雨宿りした場所で　僕の視線が止まった
　その先に変わらない　君の姿が見えた

　　月日が経てば　季節も変わる
　　年が過ぎれば　町さえ変わる
　時の果てなく　変わらぬものが
　　在るとするなら　君への想い

　　How far can I forget this love ?
（どこまで行けば、この愛を忘れられるというの...）

　　How much can I cry to forget this love ?
（どれだけ泣けば、この愛を忘れられるというの...）

2

思わない出来事に　俯いてしまったまま
想い出が甦って　雨が止んだことには
気付かず立ち竦んで　その余韻に浸ってた

月日が経てば　季節も変わる
年が過ぎれば　町さえ変わる
時の果てなく　変わらぬものが
在るとするなら　確かめた愛

How far can I forget this love ?

How much can I cry to forget this love ?

君への想い　僕は尽きなく
確かめた愛　僕は果てなく

天使と女神

1

懐かしい想い出
輝き失わず
まだ心に詰まる

あの思わせぶりな　あなたの口付けは
陰していた過去を　誘い甦らせ
耐えられないほどに　闇へ引きずり込む

愛の天使が空から
羽を広げてやって来る
証 確かめ去ってゆく

2

無くした愛の夢
仮初にも消せず
まだ心に残る

あまりにも悲しい　別れをした後は
あえて独りの身の　哀れさを潜めて
悟られないように　わざと燥いでみる

愛の女神がオリュンポスから
前触れもなくやって来る
過ち癒し去ってゆく

他不是吾　更待何時
（他は是れ吾にあらず、更に何れの時をか待たん）

1

親からもらった　大事な肌へ
タトゥーを入れて　汚して隠し
不孝重ねた　悪事の数を
償う術も　無くしてしまい
顔では笑い　心は苦し

2

悪いこととは　承知の上で
止むにやまれぬ　筋を貫き
罪まで犯し　裁きの時も
右も左も　裏切りばかり
儚い日々の　浮世が悲し

3

愛や恋など　無縁と捨てて

吾に不要と　他人を嫌い

仁心内に　懸けた命と

裏街歩き　是人生に

更に何れの　時をか待たじ

愛而仁而恩
(愛そして仁そして恩)

1

人への思いやり　厚い情を掛ける
生まれつき具えて　果ては玉となりて
衷心に仕舞わず　開いてほしいもの
それを愛とも言う　大事な心だと

2

弱き者を助け　強き者を挫く
先人の教えは　信義を重んじて
潮流に限らず　残してほしいもの
それを仁とも言う　あるべき気質だと

3

赤心の厚意や　高配に報いる
忠節固く持ち　胸深く刻んで
時代に拘らず　死守してほしいもの
それを恩とも言う　忘れたら罪だと

愛が死んでしまうわ

1

闇迫り吹雪く街角の店で
ショーウインドーの裸足のマネキン
ガラスに映る白い靴を履かせ
あなたのことをただひたすら想う

灯りも点けず暗い部屋で
あなたの幻を見ている

私を想い出してほしい
いつもすぐ近くに居るのに
あなたは振り向いてくれない
特別な私を忘れて

2

隠した想い出まぶたに浮かべて
独り部屋であなたを祈る不安
瞬く星になりあなたを見つけ
　私は真実の愛を届ける

　温めるセーターを編んで
　あなたに贈るつもりでいる

　病を克服してほしい
　今も想い変わらないのに
待ってもあなたは来てくれない
　言葉で会話もできなくて

　あんなに戻ると約束し
信じてずっと待っている私
　あなたは他の女性の許に
　このままだと心が凍って

　永遠の誓いもいつしか
愛と共に死んでしまうわ

愛と夢の真実

1

　　重なる二人　それが愛なら
迷い要らない　信じればいい
想いが通じ　目を見つめれば
話さなくても　確かめ合える

　　寡黙に優る　強さは無くて
巧みな技は　裏切り隠し
誰かを騙し　虚しさ誘う

見えないものに　本意が分かる
見えないことで　信実を知る

重なる二つ　それが夢なら
案じ要らない　秘めてたらいい
言葉を交わし　手を取り合えば
叶わなくても　幻見れる

信念揺らす　痛みは無くて
悩ます噂　ものともせずに
描いた道を　ただ歩みゆく

続いたものに　未来が映る
続いたことで　真実を得る

運命の人

1

七つの海を照らす太陽よ
裁きが冤罪でも受けるから
待っている運命の人を一人
探し出し光を当ててほしい

現れた人をすべてで愛し
必ず幸せになると誓う
瞬く星となっても永遠に

2

形を変え闇を照らす月よ
たった一つの夢さえ捨てるから
隠れた運命の人を一人
探し出し光を当ててほしい

現れた人をすべてで愛し
必ず幸せになると誓う
絶えゆく星となっても離れずに

太陽よ月よ照らしておくれ
現れたその人と愛し合い
必ず幸せになったと示す
ただの何かになっても永久に

Kindness And Loneliness
（優しさと淋しさ）

1

優しさに埋もれたい時は
あなたを夢に見たい私
現れてきてくれるかしら
叶うことを信じて眠る

現れてきたのは天使
涙の川を作っている
渡り終えたら居るかしら

懐かしさが込み上げてくる
まぶたに浮かぶ苦い想い
詫びる言葉さえ見つからず
あなたを想うと苦しさと
悲しみが毎夜訪れる

2

淋しさを浮かしたい時は
あなたを夢に見たい私
現れてきてくれるかしら
叶う現実を望んでる

現れてきたのは女神
あなたへ続く虹架ける
渡り終えたら居るかしら

あなたが遥か彼方で待つ
まだ立ち竦み迷う私
再会の言葉も浮かばず
初めは素直になれずとも
愛を尽くせば共にゆける

絡まる愛の行方

1

あなたを信じていたのに
愛が傷つき‘さようなら’
私の許を去ってしまった

淋しく夜の街行けば
愛想良くウインクをする
甘い言葉で誘う男
悩ましいスタイルの女
片隅で座り込む男女

愛に誠実な人たち
愛に純粋な人たち
必ず此の世に居るはず

2

毎日愛が通り過ぎ
前触なく現れては
容易く恋に落ちていた

絡まる愛を紐解けば
やがて一人に辿り着く
愛の真実を説く彼
優しい瞳と心し
私に愛を捧ぐ彼

私を直向なまでに
私を懸命なまでに
ただひたすら信じている

So I also believe.
（だから、私も信じている）

オリュンポスから下りた女神

1

夏の強い日差しの中に　ハットを被り現れた女性
誰もが木陰から見とれる　彼女のエメラルドの瞳
まるでオリュンポスから下りた女神　あの日から僕は夢を見る

愛の言葉を口にしても
彼女は佇んでいるだけ
駆けて追うけど届かなくて
やがて暗闇へ消えてゆく

過去の恋愛が嘘のよう
彼女を優しく包みたい
愛の中へ二人溶け込み
溢れる想いを捧げたい

2

愛は目も眩むほど光　輝く太陽さえも超えるほど
辺りの日陰も照らすよう　ダイヤモンドよりも煌めき
彼女を一瞬見かけた時　何もかも奪われてしまう

満天の星を集めても
彼女のオーラで消えるだけ
眩しいだけの恋じゃなくて
遥かな夢の旅を描く

隠れてた愛が顔を出す
彼女の声を聴いてみたい
愛の道を一緒に手を取り
確かなものを授かりたい

確信

1

誰でも皆　確かなものが
在りさえすれば　すべて捨てても
価値ある人が　やって来るはずさ

裂かれた愛に　沈んでいたね
悲しむことも　悪くはないさ
傷を癒して　また望み持つ

変わらないもの　在ると信じる
確かなものを　掴んでやると
迷わないよう　生きてゆくのさ

2

誰でも皆　信じるものが
在りさえすれば　いつか悩みも
無くなる日々が　やって来るはずさ

果てない夢を　描いていたね
叶わなくても　泣くことないさ
諦めるには　まだ早過ぎる

無くした時に　初めて悔いる
何か信じて　追いかけること
忘れないよう　生きてゆくのさ

愛をかみしめて

1

差出人の無い　ある一通の手紙
だけど知ってる文字で　あなたとすぐ分かって
懐かしさが巡り　明けた封筒には
優しい文があり　涙が溢れ出て
何度も読み返し　私は過ぎた日を
忘れずにいました　まだ独りで居ます

'あなたもそうですか'
　　私に愛を説き
　　与えてくれたのは
　　愛するあなたです

2

「必ず帰るから」　あの言葉を信じ
あれから三年の　淋しさを堪えて
ただただ待ちました　あなたも辛い日が
何度もあったでしょう　心身が心配で
されど居る場所さえ　分からず愛だけを
かみしめていました　まだ信じ待ってます

'あなた生きてますか'
私に生きる意味
授けてくれたのは
愛するあなたです

プラットホーム

1

私の頬が　濡れているのは
雨粒のため　泣いたりしない

貴方を愛す　時を無くすと
悲しいものは　儚い想い

初めて会った日　案ずることも
やって来るかもと　感じていたわ

ねえ貴方お願い
最後だけは笑って
涙は嫌いなの
愛が淋しがるわ

2

私のことは　構わないから
過去からの夢　叶えてほしい

貴方優しく　どんな時でも
大切なのは　確かめた愛

さよなら言えず　掛ける言葉も
貴方の出発　ただ見送るわ

ねえ貴方お願い
最後だけは笑って
涙は嫌いなの
愛が淋しがるわ

3

私の目には　貴方の姿
侘しさ胸に　隠してほしい

貴方手を振り　想い告げても
発車の合図が　裂き聴こえない

再会したら　笑えるはずと
懐かしい日々　忘れずいるわ

ねえ貴方お願い
最後だけは笑って
涙は嫌いなの
愛が淋しがるわ

忘れたい過去

1

鏡に向かって　口紅並べ
ただ迷うだけ　あなたの色に
何もかも変え　過去忘れたい

あなたに心　奪われてから
胸の痛みが　消え去ってゆくの
愛を囁き　抱き締めていて

ああ もっと強く　息ができないほど
ああ このままで　朝まで眠りたい

2

あなたを向いて　微笑み浮かべ
ただ想うだけ　あなたの側に
最期まで添って　愛を知りたい

あなたに抱かれ　包まれてから
胸の鼓動が　勢い付くの
愛の魅力で　私を変えて

ああ ずっと触れて　離れられないほど
ああ このままで　時が止まればいい

虚しい愛

1

黄昏に包まれ
街灯りが点り
溢れ出す人たち

甘やかな言葉で
アドレスを手にする
仮初の風景

儚く罪を　裁かれること
何も気付かず　駆け引きをする

2

暗幕の夜空で
瞬く星を背に
現れる人たち

過去の苦い日さえ
忘れさせてくれる
騒めいた光景

金さえあれば　容易いことと
愛を求めて　賭けを始める

隠した痛い　過ちのこと
何も気にせず　また繰り返す

純愛

1

春風が吹き　何かの予感
3月の午後　ふとしたことで
貴女と僕は　初めて出会う

貴女の話す暗い過去に
僕は側で涙が溢れ
貴女は人を信じられず
影を潜め生きる人だった

月日は流れて外は雪
いつしか僕らは愛し合う
過去の記憶は残るけれど
凍った胸は解かしてあげる
命を懸けて貴女のためなら

2

３月になり　出会って１年
ワインとケーキ　想いを告げて
ささやかだけど　記念日祝う

貴女の笑顔も多くなり
僕を信じてくれたようで
互いに想い出語り合う
貴女は純粋な人だった

左手の細い薬指
小さい指輪で飾ります
体の創は残るけれど
心の傷は消してあげる
命を懸けて貴女のためなら

言葉

1

有り触れた街の風景の
片隅で俯く人たち
確信が誰かを泣かせて
悩んで戸惑うことだろう

信じられないと諦めるより
何かを信じ深く悲しんで
涙 尽きるまで泣くほうがいい
儚くても優しくなれるから

俯いた人にいつか出会ったら
恐れ抱かず優しい言葉を
何度でも掛けてあげてください
また信じる気になることでしょう

2

明るく華やぐ街並の
　片隅で苦しむ人たち
　　愛が誰かを辛くさせて
淋しく彷徨うことだろう

　愛されないと嘆いているより
　　誰かを愛し虚しく破れて
涙　果てるまで泣くほうがいい
　　侘しくても真実を知るから

苦しむ人にどこかで出会ったら
　　心の信の愛ある言葉を
何度でも掛けてあげてください
愛する意味に気付くことでしょう

星に変わっても

1

あなたがもしも　いつかどこかへ
離れていっても　私は永遠に
忘れないわよ　星に変わっても
これが最後の　恋愛だから

But the moment I lose your love, my whole life ends.
（でも、あなたの愛を失った瞬間、私の人生は終わる）

Because you don't love me anymore from.
（あなたは、もう私を愛していないから...）

初めて愛を　疑った時に
二人の想い　終わり近いの

2

あなたがもしも　いつかどこかで
倒れていたら　私はすぐに
駆け付けるわよ　星に変わっても
これが最後の　恋愛だから

But the moment I lose your love, my whole life ends.

Because you don't love me anymore from.

初めて愛を　愁いた時に
二人の想い　恐れ抱くの

3

あなたがもしも　いつか異性へ
愛が移っても　私は信じ
諦めないわ　星に変わっても
これが最後の　恋愛だから

But the moment I lose your love, my whole life ends.

Because you don't love me anymore from.

初めて愛を　失った時に
二人の想い　後悔するの

And I know that true love is something that never regrets.
（そして、真実の愛とは、決して後悔しないものと知るの...）

Just Believe In Love
（ただ愛を信じて）

（語り）

Seems like these days.
（最近のように…）

Once upon a time.
（昔々が…）

1

窓辺に映る　灯りのように
あなたはいつも　胸で光ってる
まぶたを閉じて　想いを馳せる
あなたの席に　幻を見る

別れはいつも　虚しさを持って
前触れもなく　音も立てずに
愛を連れ去り　嘆きを残す

2

花瓶に差した　野菊のように
　白いカーテン　白い電灯
　白いドレスが　鏡に映る
心も白く　変えられたはず

愛はいつでも　不安を抱え
　私を揺らす　恐れず誓い
ただあなた待ち　愛を信じる

Just believe in love.

Just believe in love.

Just believe in love.

Just believe in love.

諦められなくて

1

街に灯りが　点り出したら
家路を急ぎ　帰る人たち
フラワー店の　薔薇を選んだ
彼とよく似た　横顔の人
間違いも無く　確信できる
彼女に贈る　花束なのね

まだ此の町に　住んでいたんだ
別れた時は　此の町嫌い
「離れてゆく」と　話してたはず

眠れないほど　涙が流れ
諦められず　切なく想い
季節移っても　過ごしてゆくわ

2

流れゆく時　止まってるのは
　此処の住所と　私の想い
運がいいとか　幸せだとか
束の間のこと　明日を映すと
　確かなことは　何一つ無く
目にするものは　いつの日か消え

　当たり前だと　皆知りながら
　　愛を求めて　夢中に探し
破れ傷つき　また繰り返す

　眠れないほど　涙に暮れて
　　諦められず　けな気に慕い
幾千代経っても　移ろがないわ

3

あなたの後ろ　想い出したら
涙が溢れ　苦しむばかり
あなたの気持ち　早く分かってた
感情が無く　愛の欠片も
私は今も　心に残る
あなた一人に　愛を捧げて

街のどこかへ　去りゆく影が
忘られなくて　未練が募り
闇夜を明かし　朝を迎える

眠れないほど　涙も枯れて
諦められず　永遠無尽き
命　果てても　続いてゆくわ

My love for you will never regret and go on.
（あなたへの愛は決して後悔せず続いてゆくの...）

あなたの夢は私の命

1

Your dreams will come true if you just keep believing.
（あなたの夢は、ただひたすら信じ続けることで叶うでしょう）

あなたが顔を背けてるのは
雨が降り注ぐからじゃないわ
別れることに涙したのね
私のことは早く忘れて
あなたいつかいい女性と出会い
夢見る途を歩んでほしい

あなたの夢が　叶うためなら
私はすべて　捨ててもいいわ

102

2

別れの理由は聞かないから
最後に甘えてもいいかしら
忘れないから笑顔を見せて
私と一緒の時のあなたって
いつも強がりだけど優しい
美しい姿で去ってほしい

あなたが夢を　掴むためなら
私はすぐに　消えてもいいわ

Your dreams will come true if you just keep believing.

但しその後　誓いを破り
彼女のために　夢を捨てたら
私は悔いて　命を絶つわ

愛と罪

1

愛が一つあることで　悲しむ人が居るはず
幾筋もの涙する　虚しく涙する人
卑しく涙する人　我を忘れて彷徨う

あなたと私の愛もそう
陰で人が忍んでいます
すべてが宿運であること
儚くも苦しんでいます

あなたを愛していいですか
愛さないほうがいいですか
それとも風に任せますか
確かめ合えて信じられた
あなたに私は任せます

2

罪が一つあることで　傷つく人が居るはず
　幾筋もの涙する　悔やんで涙する人
憎んで涙する人　流離い途方に暮れる

　　あなたと私の愛もそう
　　陰で人が恨んでいます
　　すべてが宿運であること
　　儚くも苦しんでいます

　　あなたを愛していいですか
　　愛さないほうがいいですか
　　それとも神に委ねますか
　　確かめ合えて信じられた
　　あなたに私は委ねます

人
<ruby>人<rt>ひと</rt></ruby>

1

<ruby>可憐<rt>かれん</rt></ruby>で<ruby>美<rt>うつく</rt></ruby>しい<ruby>花<rt>はな</rt></ruby>を
<ruby>眺<rt>なが</rt></ruby>めて<ruby>微笑<rt>ほほえ</rt></ruby>む<ruby>人<rt>ひと</rt></ruby>たち
<ruby>罪人<rt>つみびと</rt></ruby>も<ruby>貧<rt>まず</rt></ruby>しい<ruby>人<rt>ひと</rt></ruby>も
<ruby>同<rt>おな</rt></ruby>じ<ruby>心<rt>こころ</rt></ruby>の<ruby>奥<rt>おく</rt></ruby>のほう

<ruby>陰<rt>かげ</rt></ruby>の<ruby>涙<rt>なみだ</rt></ruby>は　<ruby>人<rt>ひと</rt></ruby>だから
<ruby>隠<rt>かく</rt></ruby>す<ruby>弱<rt>よわ</rt></ruby>さも　<ruby>人<rt>ひと</rt></ruby>だから
<ruby>抱<rt>かか</rt></ruby>える<ruby>悩<rt>なや</rt></ruby>み　<ruby>人<rt>ひと</rt></ruby>すべて

<ruby>誰<rt>だれ</rt></ruby>かの<ruby>言葉<rt>ことば</rt></ruby>を<ruby>通<rt>とお</rt></ruby>して
それも<ruby>何時<rt>いつ</rt></ruby>しか<ruby>想<rt>おも</rt></ruby>い<ruby>出<rt>で</rt></ruby>に
<ruby>姿<rt>すがた</rt></ruby>を<ruby>変<rt>か</rt></ruby>えることだろう
そこに<ruby>確<rt>たし</rt></ruby>かな<ruby>愛<rt>あい</rt></ruby>あれば

2

瞬いて煌めく星を
佇み見上げる人たち
不孝な人も病む人も
同じ心の奥のほう

詫びるあなたは　人臭さ
叫ぶあなたも　人臭さ
儚い命　人すべて

誰かの言葉を通して
それもいつしか真底に
救い与えることだろう
そこに信じる愛あれば

Too Lonely
（淋し過ぎて）

1

淋しさのあまり　すぐ恋に落ちた
　重ねた月日が　心を沈める
　有り触れ始めた　愛の姿には
　あえて拘らず　二人過ごしてた

　君だけを恋し　季節は過ぎゆく
　君だけを愛し　罪は深くなる

ひたすら恋した　ひたすら愛した
すべてで恋した　すべてで愛した

Too lonely.　I can't even breathe.
　（淋し過ぎて、息もできない）

2

今夜を最後に　逢わないと決めた
僕の生き方が　君を傷つける
もしも恋愛に　形があるなら
誠の愛だと　君に示せてた

君だけを恋し　季節は過ぎゆく
君だけを愛し　罪は深くなる

何もかも奪い　何一つ君に
与えられなくて　時は流れゆく

ひたすら恋した　ひたすら愛した
すべてで恋した　すべてで愛した

Too lonely. I can't even breathe.

僕は生きる

1

淋しくて淋しくて
泣くのは切ないけど
そんな時が過ぎたら
あの日は幸せだったと思うかもしれない

これから幸せの風が吹いてくるだけと
それを望んで待ち続ければいいと思い

未だに分からないことのほうが多いから
たくさん辛い思いしながら僕は生きる
いつか苦しむ人を助けるかもしれない

2

楽しくて楽しくて
笑って御機嫌だけど
そんな時が過ぎたら
あの日は孤独だったと感じるかもしれない

楽しいだけの日々だったら愛は要らないと
そして親友なども出来ないかもしれない

未だに判らないことのほうが多いから
たくさん苦い思いしながら僕は生きる
いつか悩んでる人を救うかもしれない

3

明るくて明るくて
快活朗らかでも
そんな時が過ぎたら
あの日は束の間だったと嘆くかもしれない

心の底から平穏に暮らせたならと
誰もが皆そう思っているかもしれない

未だに解らないことのほうが多いから
たくさん痛い思いしながら僕は生きる
君が泣いてたら僕は幸せになれない

未だに知り得ないことのほうが多いから
耐えて忍んで堪えながらも僕は生きる
いつか泣いてる君を癒せるかもしれない

112

今日も雪

1

髪を梳かす君の
その後ろがとても
恋しくさせて
悩ましいから

僕は君のことを
愛してるんだろう
ふとそんなこと
悲しく想い

窓から見る外は　白い雪が降ってる
別れが近いのに　何も告げられずに
何気ない一夜を　君と過ごしながら

2

愛が曇る街を
僕も独りだよと
心 叩いて
容易く開くから

もう過ぎたことだと
忘れたいんだろう
二人の頃を
儚く想い

肩を抱いた時が　白く染まって映る
初めて出会った日に　迷いに暮れ憂い
溢れ出た涙の　意味を分かりながら

窓から見る外は　今日も雪が降ってる
愛し合った過去の日　眩しく過ぎてゆき
限られた命を　君に隠しながら

独り

1

あなたの帰る場所は　私とは違う町
秋の風に吹かれて　寒く悲しい私
雨降る夜はいつも　ワイン片手に独り
また想い出訪ねて　虚ろい閉じる瞳

愛が欲しいと泣いている
胸はときめき望んでる

あなた部屋まですぐに来て
愛だけ連れてゆかないで
遥か遠くへゆかないで
私　独りは嫌いなの

2

雪のような色して　ふと出会って恋をして
　雨のような想いで　別れの日を迎えた
　涙を耐えているの　素顔は嫌いだから
'さようなら'で終わってね　'僕の罪'と偽って

　　愛は嫌だと意地を張る
　　胸は吹雪いて凍りつく

　　あなた御願い捨てないで
　　愛まで置いてゆかないで
　　離れて消えてゆかないで
　　私 独りは淋しいの

流れた時に

1

枯れた想いで　心向くまま
何も宛て無く　彷徨う街を
鳴きながら飛び　巣に帰る鳥
一度見上げて　俯き歩く

甦る過去の記憶で　悲しく辛い恋愛に
また涙が零れ落ちる　永遠に愛を諦めても
夢見て生きてるあなたへ　手紙を綴りたい私

2

流れた時に　無くしたものは
あなたの愛と　私の笑顔
暗幕が下り　現れた星
一つ二つと　星座を作る

此の狭い町のどこかで　別れた彼に擦れ違い
待つ人の所へ帰る　新たな暮らし始めても
振り返る日々の想い出　あなただけしか愛せない

流れた時に　無くしたものは
あなたの愛と　私の笑顔
やがて日が差し　辺りの灯り
一つ二つと　消えて明けゆく

118

The End Of The World
(あなたの愛を失った時に、私の生きた証は終わるの…)

1

初めて会話　交わす恥じらい
顔も見れずに　木陰に隠れ
少し離れて　ベンチに座り
ただ俯いて　言葉探した

遠い日の想い出　身に甦る
起こる恋の連鎖　もう一度だけ
私の此の想い　愛してほしい
まだ叶うことなら　時の果てまで

Give me one more chance.
(私に、もう一度チャンスを…)

Because I love you.
(まだ、あなたを愛しているから…)

The end of the world.

2

初めてキスを　交わすときめき
　あなたの腕で　肩を抱かれて
動きが取れず　ただ横になり
　枕を濡らし　時に任せた

後悔の時間が　ずっと続いてる
　残る恋の欠片　もう一度だけ
私の此の想い　愛してほしい
まだ今独りなら　時の果てまで

Give me one more chance.

Because I love you.

The end of the world.

ずっと待ってるわ

1

あとどのくらい　時が過ぎれば
私の気持ち　届くのかしら
此処に来る度　あなたを想う
あの日言葉を　交わしていたら

あなたをずっと見つめ　目が合うと俯き
近くに居るだけで　心がときめいて

私ずっと待っている　独り淋しくても
愛を諦めずに　星に願っているわ

2

あとどのくらい　命があれば
　私の想い　伝わるかしら
突如倒れて　名を呼んでいる
　隠した病　明かしていたら

　あなたが心配で　事実は話さずに
瞳　合わすだけで　とても元気が出て

私ずっと待っている　一つ星になっても
　あなたへと瞬き　永久に守っているわ

忘られなくて

1

独りの部屋に　冬が訪れ
また甦る　過去の想い出
春の夜更けに　初めて出会って
さよならの日は　その年の冬

2

暑い真夏は　海で燥いで
恋の映画の　真似していたね
涼しい秋は　まったりと褥
愛の言葉を　交わして過ごす

3

束の間の愛　疲れも無くて
共にすべてで　感じていたね
あんなに深く　人を愛して
別れ辛くて　涙に暮れる

4

まだ鮮明に　忘られなくて
君と僕との　想い出映って
この世の旅が　最期を迎え
星に変わっても　消せないだろう

あの少女と少年のように

1

突然の雷雨に　傘も持たない中
彼のことを信じ　佇んでる少女
雨に濡れた少年が　彼女に傘を差す
何かを少年が告げ　彼女はしゃがみ込む

思わぬ光景に　あの人想い出す
いつも虚ろ気だった　何故か触れられなく

病のことを知って　哀しく想うなら
励ましの言葉で　癒されたい私
あの人への愛は　まだ続いてるから

2

お別れの言葉は　彼女が言ったようだ
待った彼は素っ気なく　「早く良くなれよ」と
彼女は俯いて　その場に立ち尽くす
陰で見てた少年が　「頑張ったな」と癒す

本気の優しさに　涙が溢れ出る
沈み込む姿が　あまりにも切なく

神様を信じて　病が治るなら
耐え忍び堪えて　幸せになりたい
私の愛だけは　いつも真実だった

Love Song
(愛歌)
<ruby>愛歌<rt>あいうた</rt></ruby>

1

<ruby>時<rt>とき</rt></ruby>は<ruby>矢<rt>や</rt></ruby>のように<ruby>過<rt>す</rt></ruby>ぎ<ruby>去<rt>さ</rt></ruby>った
<ruby>俺<rt>おれ</rt></ruby>たちに<ruby>解散<rt>かいさん</rt></ruby>は<ruby>無<rt>な</rt></ruby>い
カーテン・コールが<ruby>証拠<rt>しょうこ</rt></ruby>さ
ステージ・ライトも<ruby>待<rt>ま</rt></ruby>っている

<ruby>観客<rt>かんきゃく</rt></ruby>が<ruby>響<rt>どよめ</rt></ruby>いている
<ruby>俺<rt>おれ</rt></ruby>たちの<ruby>登場<rt>とうじょう</rt></ruby>を<ruby>待<rt>ま</rt></ruby>って
さあハートに<ruby>届<rt>とど</rt></ruby>く<ruby>曲<rt>きょく</rt></ruby>を
<ruby>素敵<rt>すてき</rt></ruby>に<ruby>演奏<rt>えんそう</rt></ruby>しようぜ

<ruby>開演<rt>かいえん</rt></ruby>し<ruby>今日<rt>きょう</rt></ruby>も<ruby>酔<rt>よ</rt></ruby>わせる
いつもそれだけでいいのさ
<ruby>愛<rt>あい</rt></ruby>が<ruby>秘<rt>ひ</rt></ruby>められているから

2

心を打つ曲は残った
この世の果てまで轟き
ビートルズの曲もそうさ
宇宙のどこかで歌ってる

諦めるのは早過ぎる
心に残ると信じて
名も無い俺たちの曲を
ツェッペリンのように奏で

輝き出すミラー・ボール
客に泣いてる者も居た
歌詞の意味を分かったからか

クリスマス・イブ

1

吹雪く夜空を　見上げ涙し
去年の冬を　想い出したら
今年は独り　クリスマス・イブ

All I need is you here right now.
（僕が必要なのは、今ここに居る君だけ）

2

愛する人は　君だけ一人
罪があるのは　僕の拙さ
裁いてほしい　僕は償う

All I love you and nobody else.
（僕が愛しているのは、他の誰でもなく君だけ）

3

大事な人と　誓うのは君
今詫びるのは　僕のわがまま
許してほしい　僕の愛欲

All I crazy you and nobody else.
（僕が夢中になれるのは、他の誰でもなく君だけ）

4

何も要らない　君だけ欲しい
傷つけたのは　僕の幼さ
でも知ってほしい　僕の愛情

All I want you and nobody else.
（僕が欲しいのは、他の誰でもなく君だけ）

5

もうこんな日は　必要じゃない
いつも側には　君さえ居たら
君もそんなに　想っているはず

All I kreive you and nobody else.
(僕が全てを懸けて愛しているのは、他の誰でもなく君だけ)

クリスマス

1

初めて出会ったクリスマスの夜
素敵な時間を過ごした二人
「次は、来年のクリスマスだね」

その後は長く感じた
春も夏も秋も去った
枯れ葉散り冬の気配
朝も昼も深夜まで
来る日も来る日も願う
不安をかき消しながら
貴方への募る想い

2

やっと待ちに待ったクリスマスの夜
胸を弾ませ約束の場所に
壁には一言文字が'ごめんね'

どんな想いを持ってから
どんな理由があったのか
そんなことどうでもいい
今日貴方に逢えなくて
とても残念に思う
でも覚えてくれていた
嬉しさに浸る私

愛に無縁なもの

1

地球の片隅で
二人の朝が来る
溢れる喜びも
涙を誘い出し

愛し合う想いに
謝ることはない

If our love is true for each other.
（お互いの愛が真実なら）

No need to apologize for loving each other.
（愛し合ったことに、謝る必要はない）

That's what it means to love each other.
（愛し合うとは、そういうこと）

134

2

独りで泣かないで
二人で捨て去ろう
忘れかけの過去を
窓辺から追い出し

愛し合う誓いに
裁きは下らない

If our love is true for each other.

There is no judgment in loving each other.

(愛することに、審判は要らない)

That's what it means to love each other.

3

君<ruby>だけ<rt>き</rt></ruby>行<ruby><rt>い</rt></ruby>かないで
二人<ruby><rt>ふたり</rt></ruby>で育<ruby><rt>はぐく</rt></ruby>もう
輝<ruby><rt>かがや</rt></ruby>く幸<ruby><rt>しあわ</rt></ruby>せを
探<ruby><rt>さが</rt></ruby>し当<ruby><rt>あ</rt></ruby>てて掴<ruby><rt>つか</rt></ruby>み

愛<ruby><rt>あい</rt></ruby>し合<ruby><rt>あ</rt></ruby>う絆<ruby><rt>きずな</rt></ruby>に
さよならは要<ruby><rt>い</rt></ruby>らない

If our love is true for each other.

We don't need goodbye to love each other.

（愛<ruby><rt>あい</rt></ruby>し合<ruby><rt>あ</rt></ruby>うのに、さよならは要<ruby><rt>い</rt></ruby>らない）

That's what it means to love each other.

愛しい人

1

窓ガラスに映る
街灯の明かりが
涙で揺れている
切ない胸の内
未練が妨げて
愛しいあの人に
逢いたさ募る日々

二番目でもいいの
温もりが欲しいの
ほんの一時でも

2

夜更けに雨が降る
激しく窓を打った
眠れず起き上がる
淋しさのあまりに
　想いを認めて
愛しいあの人に
　誠を捧げたい

叶わない恋でも
側に感じたいの
　片想いの今も

無常

1

別れた後も

あなたのことを
心に深く
忘れずにいる

夏が終われば　恋も終わると
寄せる潮騒　悲しく響く

そして誰かが
深く傷つき
淋しく秋を
涙で過ごす

2

いつか誰かと
また恋しても
あなたに似てる
人なのでしょう

秋が過ぎれば　木枯らし吹くと
紅葉が散り　侘しく悔やむ

遠い別れが
想いを馳せる
凍える冬を
春待ち暮らす

この世の中は
常無く移り
激しい愛も
人を悩ます

ラスト・ダンス

1

何も言わないで
ルージュが消えるよ
最後の日だから
瞳 見つめ合い
キャンドル灯して
最高の曲を

溢れるものは堪えて
明日より此の瞬間を

気分を紛らせ
酔って頬寄せ合い
愛が閉じるまで
君と僕だけさ

2

体と心で
二人もう一度
朝も近いから
今を幻に
ミラー・ボール見て
輝いた愛を

眩しい過去は忘れて
奴からもっと幸せを

リズムに任せて
想いを最後に
ラスト・ダンスまで
君と僕だけさ

情炎

1

涙 枯れても　刺さった心の
隠した想い　まだ癒せない
過去とできない　痛い出来事
心に残り　なす術も無い

ああ　虹よ渡して
ああ　月よ照らして
想いが凍る　愛が虚しく
あなたが映る

肌寒い時雨る夜は
あなたの温もりが欲しい

2

枯れ葉が一つ　肩に落ちても
掃えるように　簡単じゃない
何もかも捨て　命懸けても
心を決めて　明かしてみたい

ああ　鳥よ伝えて
ああ　星よ見つけて
想いが憂う　愛が儚く
あなたが翳る

風荒ぶ淋しい夜は
あなたの優しさが欲しい

ああ　海よ届けて
ああ　空よ包んで
想いが募る　愛が轟く
あなたが消える

窓を吹雪叩く夜は
あなたの命子が欲しい

144

愛が止まらない

1

悩みを話し
瞳を閉じて
唇　重ね
愛を交わした

このまま時を止めたい
何も言わずに抱き合って
温もり感じてたいの

あなただけが欲しい
何もほか要らない

2

過去も知らない
どこの誰さえ
待つ女性居たって
私はいいわ

この愛は止められない
裁かれる時が来たって
二人寄り添っていたいの

淋しく身が辛い
あなただけが救い

3

暗幕が下り
隠した逢瀬
許しておくれ
裂くことだけは

もうずっと離れられない
あなたと死を選んだって
運命と構わないの

愛に偽らない
最期を迎えたい

Even if you don't love me, just believe in my love.
（私を愛してくれなくても私の愛を信じてくれるだけでいいの…）

恋のマジック

1

何が起きたのか戸惑ってた
今僕が分かっていることは
　　君の虜だということさ
　決して君と離れたくない

　　　僕の前で君は微笑む
　　　僕は君の隣に居たい
　　君が何したって構わない
君とずっと一緒に居たいだけ

たった一度のキスに酔った僕
こんなにも好きにさせるとは
　　君は魔法を使えるんだ

148

2

何が僕を愛させるのか
君が秘かに起こしたんだ
誰にも見えないものなのさ
そして誰にも邪魔させない

僕の前で誰かが茶化す
僕は全く相手にしない
君の様子も移ろがない
君との時が大事なだけ

会った途端にときめいた僕
こんなにも恋に落ちるとは
君は一体何者なんだ

初恋に目が眩んだ僕
こんなにも心動くとは
君無しではもう駄目なんだ

149

僕の愛は君

1

二人共きっと分かってる
　互いに愛せないこと
愛し合ってはいけないと
　だけど僕は愛してる

bitter memories,　painful feelings,　heart break.
（過去の苦い記憶）（隠す辛い想い）（傷つき生きている）

　君の見る夢が叶うこと
　君が幸せになることも
　すべて超えた時に必ず
僕を愛してくれるだろう

2

二人共きっと分かってる
待つ人を越えないこと
隠し事はいけないと
だけど僕は愛してる

draw tomorrow,　future promise,　remember still.
（明日を描いている）（約束した未来）（今でも覚えてる）

僕のこの愛が届くこと
僕が見守ってあげることも
すべて超えた時に必ず
君を愛してゆけるだろう

二人の世界を掴むこと
二人の日々が続くことも
すべて超えた時に必ず
愛に命が宿るだろう

愚かな者よ弱気な者よ

1

愚かな者たちよ
愛無き言動が
人を傷つけると
魂は知っている

物言わぬものの怖さ
見えないものへの侮辱

非して改めないなら
必ず重い裁きが
容赦無く下るだろう

2

弱気な者たちよ
愛ある言動が
人を癒せること
神々は知っている

物言わぬものの強さ
見えないものへの希望

真実の愛があれば
必ず尊いものが
星のように降るだろう

それでも僕は

1

また芽生えてきた恋愛に
苦い想い出が甦る
些細なことでも悩む僕
今度は上手くゆけばいいが

いつも振り回されてばかり
御機嫌でも化かされている

それでも僕は恋愛に落ちる
激しく心を揺さぶられても
時には涙が溢れ出しても

2

何か違ってきた恋愛に
身も心も凍り始める
哀れなほどに戸惑う僕
途中まで上手くやれてたが

悲観して考えてばかり
それに長い時を費やす

それでも僕は恋愛に落ちる
頑なで流れに乗れなくても
時の過ぎゆくままに添ってみても

それでもまた恋愛に落ちゆく
過去の失敗繰り返しながらも
時には笑われ噂されても

愛と命をみつめて

1

君の囁きが　途切れてしまう
僕は永遠に　愛を闇へと
悲しみと共に　閉じ込めてゆく

泣かせたことも無い君が
僕の生きる意味を奪い
果てしない未練を残し
この僕から旅立ってゆく

愛した日々を忘れ去らないでね
君の世にいつか辿り着くからね

2

君の'さよなら'も　言葉にならず
　僕を孤独にし　愛の淵へと
淋しさと共に　追い込んでゆく

　　欺くことも無い君が
　　僕に愛と命を説き
　　眩しい想い出を残し
　　黄泉への階段を昇る

愛を誓ったことを忘れずいてね
君とまた出逢える日を祈念して

　　君と僕の愛は裂かれないもの
二人の姿が無くなったとしても

愛の駅

1

あと幾つ季節が移れば
あなたは想い出せるかしら
あの悲しいことが無ければ
今頃は愛し合ってたのに

ただ胸の奥にあるものを　懸命に辿り寄せるだけ
あなたへの愛だけを一つ　今側に居るだけでもいい

愛の路はまだ途中なの
星に願いながら眠るの
私の手を取ってくれないの
それが出来れば上手くゆくわ

2

あとどれほど切なくなれば
あなたは迷路を出るかしら
あの日あの場所に居なければ
今頃は横に添ってたのに

私は夜になると泣くの　誠の愛を痛めるだけ
あなたへの愛だけが一つ　一緒に生きれるだけでもいい

愛の路はまだ険しいの
側近くに居て見守るの
あの日の言葉が消えないの
それが叶うことを祈るわ

愛の駅は遥か遠いの
堪えてひたすら信じるの
誰も導いてくれないの
それでもいつか辿り着くわ

恋愛と私

1

淋しい恋愛と　胸の奥
甘い言葉で　誘われて

答えもせずに　俯いて
何故か別れた　あなたを想うから

意地を張る私は
街の通りの陰から
人波にあなたを探す
あなたの隣には女性が
あなたに素直な女性が

2

苦しい恋愛と　かみしめる
誰かの胸で　泣きたくて

声も出せずに　頰拭いて
後悔を知った　私の未練から

意地を張る私は
今日もいつもの場所から
人波にあなたを探す
見つめ合う二人の姿が
あなたに似合いの女性が

3

儚い恋愛と　諦める
流れる星へ　願い込め

染みた枕に　埋もれて
眩しさだけが　二人を映すから

意地を張り通した
あなたへの想いを捨て
明日の未来を生きてゆく
あなたと過ごした想い出は
大切にして消さないわ

心たそがれて

1

枯れ葉が散る街を
寒い風に吹かれて
彼を探し当てて
うつむく私

茜 色差した空は
やがて色を変えて
夕暮れ歩く道
吹雪になるの

想いがあるうちに　逢いたいもう一度　確かでいたい
想いがあるうちに　逢いたいもう一度　信じ合いたい

163

2

春の花が咲いて
香 振り撒いても
たそがれて虚ろぎ
来る日も冬よ

眩しい想い出は
忘れるはずもない
辛く記憶辿り
海沿い行くの

想いがあるうちに　逢いたいもう一度　誠でいたい
想いがあるうちに　逢いたいもう一度　愛し合いたい

せめてものさよなら

1

前からずっと思っていたことで
　あなたと私は不似合いです
　　私はいい加減な人柄
　　愛さないほうが正解です

いつかどこかの町へ引っ越して
何かいいことでもあったならば
　たまには便りでもくださいね

　　幾年月日が経ちましたが
　季節も時も分からないほど
　目眩く過ぎゆく日々でした
　　夢を叶えることだけ思い
流れに身を任せていました

2

あなたと此の時代に此の場所で
会えた縁も奇跡なことです
私にはよく分かりませんが
さよならはせめてもの愛です

自分のことさえ分からなくて
あなたは聡明ですが今は
あきれ茫然自失でしょうね

自由に愛が選べるのなら
命懸けても全て捨てても
描く夢より愛を選んだ
夢は叶うものとだけ信じ
確かなことを祈念しました

皆が愛を求めてました
近くで擦れ違っていたことも
円満だけなら今で良かった
普通に暮らす生き方も知り
だが私には物足りなかった

To Be Continued

（つづく）

名も無い愛の詞集 II

2023年6月20日　初版第1刷発行

著　者　朝長節夫
発行者　谷村勇輔
発行所　ブイツーソリューション
　　　　〒466-0848 名古屋市昭和区長戸町4-40
　　　　TEL：052-799-7391 / FAX：052-799-7984
発売元　星雲社（共同出版社・流通責任出版社）
　　　　〒112-0005 東京都文京区水道1-3-30
　　　　TEL：03-3868-3275 / FAX：03-3868-6588
印刷所　藤原印刷